토토와 구름과 빵

# 토토와 구름과 빵

이응준 글    류은지 그림

민음사

이 책은 『고독한 밤에 호루라기를 불어라』(민음사, 2023)에 수록된 내용 가운데
저자가 그의 반려견과 함께하며 쓴 글들을 모아 새롭게 선보이는 그림 산문책입니다.
만남과 헤어짐에 대한 아픔과 성찰이 담긴 글과 어두운 마음을 환하게 밝혀 주는 따뜻한 그림은
이별 앞에서 눈물 흘리는 사람들에게 다시 사랑할 용기와 희망을 선물합니다.
아직 울고 있는 사람에게도, 아직은 그 눈물을 모르는 사람에게도,
이 책은 가장 외로운 마음에 가장 따뜻한 말을 건네는 소중한 친구가 되어 줄 것입니다.

차례

토토에게

명왕성에서 이별

인류와 인공지능 기계들이 아마겟돈과 같은 전쟁을 벌인다면 과연 어떤 결과가 도래할 것인가? 누구는 인류 쪽이 이기고 누구는 인공지능 기계들 쪽이 이길 거라고 제각기 나름의 일리 있는 주장들을 내놓을 터이다. 만약 내 의견을 묻는다면, 나는 후자가 전자를 멸망시키리라고 본다. 결코 인간이 한심해서가 아니라, 기계는 사랑하는 이의 죽음에 대한 슬픔과 그 후유증이 없을 것이기 때문이다. 기계는 영혼이 없으므로 당연히 영혼의 소모나 황폐 또한 없다. 일단 적으로 입력되어 있으니 무조건 그 적을 계산 값이 나오는 바대로 무정하게 죽이면 그만인 것이고, 적에 의해 동료가 파괴됐다고 한들 한 치도 흔들릴 까닭이 없다. 행여 인간의 증오 내지는 복수심이 기계와의 사생결단에 도움이 되리라는 반박은 가당치 않다. 작은 싸움이라도 제대로 치러 본 경험이 있는 사람이라면 세상 모든 전쟁은 힘과 냉정함 그 두 가지에 의해 좌우됨을 모를 리 없을 것이다. 인간들이 사랑하는 이의 죽음에 마음을 뺏길 동안, 기계군단은 인간의 살에 불을 지르고 뼈를 바수어 버리고 말 것이다.

위와 같은 내 조금은 엉뚱한 생각이 정말 과학적으로 타당한 것인지 아닌지에 관하여 기실 나는 아무런 관심이 없다. 내 저 말들이 맞건 틀리건 저 말들을 통해서 내가 하고 싶은 말들은 정작 따로 있다는 소리다. 요즘의 나는 차라리 내게 감정이라는 게 아예 존재하지 않았으면 좋겠다고 바랄 만큼 죽음이라는 단어 앞에서 눈물을 흘리고 있는 중이다. 이 눈물은 타인에게 보이기도 하고 보이지 않기도 하는 눈물이다. 보이지 않는 눈물은 보이는 눈물보다 때로 더 아프고 외롭다. 이승의 상처들이 대부분 그러하듯.

내 어머니가 죽었을 때 나는 스물일곱 살의 청년이었다. 오랜 세월 동안 국어 교사였던 어머니는 유방암 수술을 받으며 10년 정도 앓았고 그중 3년은 재발 기간이었다. 어머니와 나는 병실에서 단둘이 지냈다. 나는 어머니의 대소변까지 받아 내면서 열심히 간호했다. 이십 대 중반의 혈기왕성한 사내놈이 혹독한 고통에 시달리는 암 환자를 돌보며 좁은 병실 안에 갇혀 있는 일은 직접 겪어 보지 않고서는 이해하기 힘든 어둠이었다. 병수발 3년에 효자가 없다는 소리는 결코 싸가지 없는 과장이 아니다. 어머니의 상태가 아무런 호전도 기대할 수 없게 되자, 어느새 나는 계속 이런 식이라면 어머니의 삶이 차라리 이쯤에서 마무리되는 게 낫지 않을까 하는 은밀한 생각까지 품게 되었으니까. 이건 고백성사 이전에 내 있는 그대로의 과거다.

그리고 그날 그 저녁, 나는 죽음을 보았다. 진통제로 절은 어머니의 육신은 소시지에 마구 난도질을 해 놓은 듯했다. 나는 그 무수한 흉터들의 내력을 낱낱이 알고 있었다. 나는 내 어머니의 얼굴 속에서 괴로워 소리치는, 일그러진 인간의 수만 가지 얼굴들을 읽었다. 요컨대, 구원을 바랄 수 없는 완벽한 절망이란 바로 그런 것, 지구는 단두대 모양을 하고 있었다. 사과나무로부터 아무 생각 없이 떨어지는 살찐 사과처럼, 어떤 그림자 덩이리가 내 정수리에서 쑤욱 — 빠져나와 발등을 때리곤 병실 바닥을 데굴데굴 굴러 침대 밑으로 들어갔다. 낮에 어머니는 젊은 여자 의사에게 크리스천이냐고 물었다. 그녀는 천천히 고개를 저었다. 어머니는 자신은 천국에 갈 것이므로 죽는 게 두렵지 않다고 했다. 그저 고통만 없애 달라고 애원했다. 젊은 여자 의사는 진통제 주사를 놓았다. 어머니가 어머니에서 시체로 변하는 순간, 나는 얼음이 되어 가는 어머니의 입술에 입을 맞추었다. 젊은 여자 의사는 비닐장갑을 낀

손으로 어머니의 열려진 항문을 확인하고는 쓸쓸한 표정으로 사망선고를 하였다. 역시 후일담일 뿐이지만, 그 경험 이후로 내게는, 사제(司祭)처럼 행동하지 않는 의사들을 저주하는 버릇이 생겼다. 숨지기 한 시간쯤 전이던가. 어머니는 반혼수 상태에서 갑자기 일어나 코앞에 있는 나를 허공 대하듯 하며 자꾸만 나를 찾고 또 찾았다. 어머니는 자신의 유일한 아들이 독일 쾰른에 있는 걸로 착각하고 있었다. 그러고는 둘러싼 모두를 향해 내 아들에게 잘못하면 자기의 원수가 될 거라고 말하였다. 어머니는 다시 누웠고 다시는 일어나지 않았다. 지하 시체실로 내려가는 엘리베이터는 끝없이 추락하는 것만 같았다. 내가 아이고, 아이고, 서럽게 우는데, 밀랍인형처럼 생긴 대머리 시체실 관리인은 이렇게 위로했다.

"학생. 걱정하지 마. 이거 냉동고 아니야. 냉장고야."

어머니의 시신은 육중한 냉장고 안으로 들어갔다. 쿵, 하고 은빛 냉장고 문이 닫힐 때, 나는 내 인생의 한 시절이 막을 내리는 소리를 들었다.

나는 현대무용가 김화숙 선생이 중고 턴테이블을 선물해 준 덕택에 클래식광이던 어머니의 LP들을 자주 듣는다. 요즘도 가끔씩 그런 식으로 어머니의 친구들을 만나기도 하는데, 어느 원로 연극배우는 어머니의 표정을 그대로 흉내 내며 눈시울을 붉히더라. 나중에 어머니의 유품들을 정리하는 와중에, 어머니의 수첩 커버 안쪽에 내 사진이 끼워져 있는 것을 발견했다. 1년여 대학교를 휴학한 채 머물렀던

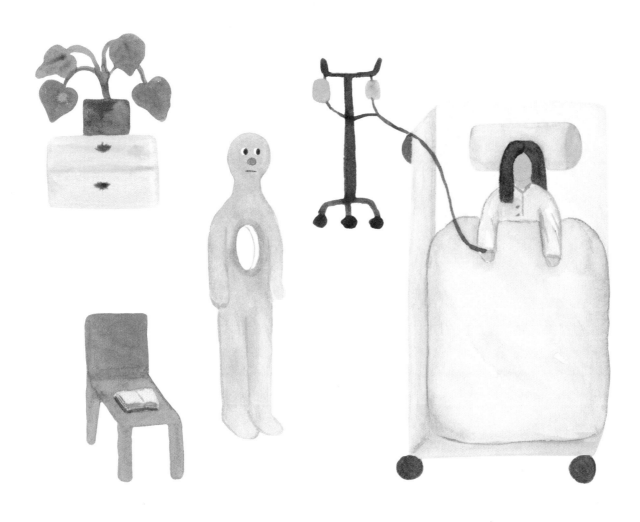

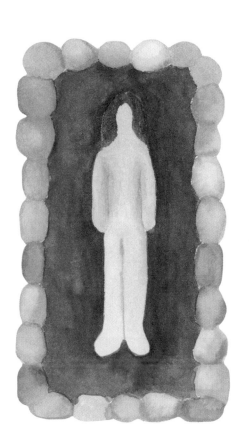

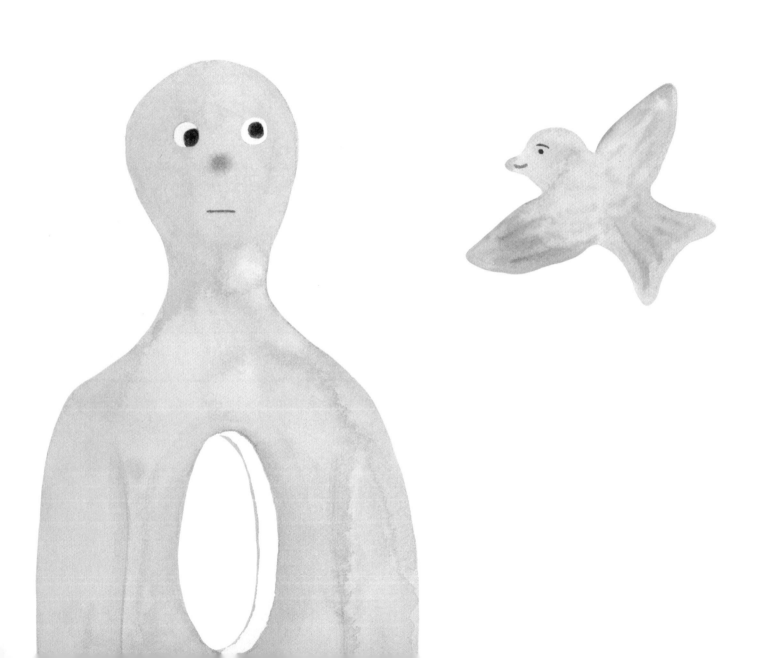

독일 쾰른의 대성당 앞에 서 있는 스물두세 살 무렵 나는 미소를 짓고 있었다. 아직은
인생의 큰 슬픔에 오염되지 않았던 내 낯선 얼굴이었다. 어머니의 49제까지 치른 뒤
그저 나는 언젠간 내게도 어김없이 닥칠 것을 미리 보았을 뿐이라고 생각하기 위해서
많은 노력을 기울였지만, 이후로 3년 가까이 마치 월남전에서 귀환한 야전병사가
심리적 외상에 시달리듯 방황할 수밖에 없었다. 요즘도 가끔씩 나는 그날 그 저녁
문득, 내 정수리에서 빠져나와 발등을 때리곤 데굴데굴 — 병실 바닥을 굴러 침대
밑으로 들어갔던 어떤 그림자 덩어리가 떠오른다. 그리고 그것이 거기에 아직도
웅크리고 있는 것 같은 기분에 휩싸이곤 한다. 시간은 모든 것을 지워 간다. 내 안에
있는 것들도 내 밖에 있는 것들도, 무엇보다 나 자신마저도 다 사라지게 만든다.
시간은 어머니의 죽음도 그렇게 만들어 가고 있었다. 그나마 다행한 일이었다.

　　그리고 얼마 전. 지난 16년간 나를 위로해 주고 지켜 주었던 내 강아지 토토가
무지개다리를 건너가 버렸다. 토토가 치매 현상을 보이기 시작하면서부터 나는
토토를 돌보기 위해 거의 아무 일도 할 수가 없었다. 짐승도 나이가 들면 사람이
노환을 앓는 것과 똑같다는 것이 굉장히 핍진한 슬픔을 환기하고 있었다. 토토는
머리를 요란하게 흔들고, 정처 없이 헤매며, 어두운 구석으로 처박히듯 들어갔다가는,
이윽고 함정과 늪에 빠진 것처럼 되돌아 나오질 못하고 있었다. 작은 늙은이가 나의
아들이라는 게 너무 이상했다. 애잔함이 고통보다 더 괴로워질 즈음 나는 토토에게
기저귀를 채워 주었다. 태어난 지 석 달 된 강아지였을 적에도 채우지 않았던 기저귀.
토토는 다시 어려진 게 아니라 내가 모르는 어떤 사람이 된 것 같았다. 나는 슬프기

직전에서 생각을 멈추고 오로지 행동하기 위해 애썼다. 쓸데없는 질문보다는 그것이 강해지는 훈련에 가까웠기 때문이다. 사실 우리가 살아가는 데에는 그다지 많은 대화가 필요치 않다. 사랑도 마찬가지다. 노환에 스스로 곡기를 끊고 죽으려드는 토토에게 그 마지막 3주 동안 온갖 맛있는 것들을 뒤섞고 빻아서 버무린 특식을 나무숟가락으로 떠먹였고 심지어는 의료기기 상가에서 사람 환자들이 쓰는 스포이트까지 사 와서 음식 농축액을 억지로라도 먹이게 되었다. 나중에는 토토를 간호하다가 내가 몸살감기에 걸려 한참 고생을 했다. 그러는 나를 보고 누구는 안락사를 시키라는 소리도 했다. 그러나 백번을 양보해 그것이 나와 토토를 위하는 말일지라도 무조건 절대 말도 안 되는 소리였다. 만약 그런 짓을 한다면 나의 나머지 인생이 어떠할지 나는 잘 알고 있었다. 책임을 다하지 않은 인생은 결국 망한다. 게다가 암 같은 병에 걸려 고통에 시달리는 것이 아니라 자연스러운 노환이라면 나는 토토를 토토의 죽음까지 잘 배웅해 주어야 했다. 녀석이 단 하루라도 더 내 곁에 있어만 준다면 나는, 단 하루만큼 더 용기 있는 사람이 될 수 있을 거였다. 꼭 끌어안고 있는 우리는, 겁쟁이가 아니었다. 그러나 그것도 한계가 있었는지, 토토는 그 혼란 속에서도 이제 더 이상은 아무것도 먹지 않겠다는 표시를 분명히 내었다. 나는 토토와 눈으로 말하며, 그럼 그렇게 해 주겠다고, 이제부터는 아무것도 먹지 말자고 말했다. 그날부터 나흘간 나는 토토의 곁에 누워 토토의 머리에 손을 얹은 채 잠들고 깨어 있었다. 나는 오로지 녀석의 얼굴과 눈동자만 들여다보면서 지냈다. 반려동물들은 죽으면 무지개다리를 건너간다고 한다. 그리고 후일 주인이 죽으면 가장 먼저 달려와 반긴다고 한다. 나는 반려동물이 죽고 나서 우울증 치료를 받는

사람들이 있다는 소리가 과장이 아님을 체험하고 있다.

『대반열반경』에 이런 대목이 나온다. 35세에 깨달음을 얻어 장장 45년 간 팔만대장경 분량의 가르침을 설파하고 다니던 석가모니는 80세의 노구로 자신이 영면에 들 때가 되었음을 스스로 알았다. 인도 쿠시나가르의 히란냐바티 강가에는 사라나무 두 그루가 서 있었다. 제자 아난다는 그것들 사이에 북쪽으로 침상을 마련해 삶에 지친 스승을 가만히 뉘였다. 아직 꽃 필 때도 아닌데 주변의 모든 사라나무들은 활짝 꽃을 피워내 흰 꽃잎들이 눈보라처럼 천지에 휘날렸다. 부처는 자신의 제자가 돼 수행하고 있는 속세의 아들 라후라가 울고 있자 이렇게 말한다.

"라후라여, 슬퍼할 것은 없다. 너는 아버지에 대하여 할 일을 다 했다. 나도 너에게 할 일을 다 했다. 라후라여, 마음을 번거롭게 해서는 안 된다. 나는 그대들과 함께 모든 중생들을 위하여 두려워하는 일이 없이 또 애써 원한을 짓지 않았고 또 해를 끼치지 않았다. 라후라여, 나는 지금 멸도(滅度)에 들면 다시는 남의 아버지가 되지 않는다. 너도 또한 반드시 멸도에 들어 다시는 남의 자식이 되지 않을 것이다. 나와 너는 다 같이 난(難)을 일으키지 않을 것이며 또 노여워하지도 않을 것이다. 라후라여, 불법은 상주(常住)하는 것이다. 너에게 부탁하건대 무상한 모든 법을 버리고 다만 해탈을 구하지 않으면 안 된다. 이것이 곧 나의 가르침이다."

부처는 울고 있는 제자 아난다에게도 말했다.

"울지 마라. 내가 이르지 않았더냐. 누구든 언젠가는 헤어지기
마련이라고, 그것을 절대로 피할 수 없다고. 아난다여. 나의 죽음을
한탄하거나 슬퍼하지 말라. 내가 항상 말하지 않았느냐. 아무리
사랑하고 마음에 맞는 사람일지라도 마침내는 완전한 이별이
찾아오는 것이라고. 만난 자는 반드시 헤어지지 않으면 안 된다.
너는 지금 무엇을 슬퍼하고 있느냐. 그럴 수밖에 없는 것을 그러지
말라고 하는 것은 있을 수 없는 일이다. 이 세상에 태어난 것은
반드시 죽지 않을 수가 없는 것이다. 어찌 피할 수가 있겠느냐.
아난다여! 무너져 가는 것들에게 아무리 무너지지 말라고 만류한들
그것은 순리에 맞지 않는 일이다."

나는 이 이야기를 죽어 가는 토토를 보듬어 안고 며칠간 반복해서 읽어 주었다.
이윽고 7월 1일 밤 10시경 토토는 내 품 안에서 평온하게 무지개다리 저 너머로
건너갔다. 나는 반려견 화장장 직원이 보여 주는 토토의 따뜻한 유골을 만져 보았다.
겨우 이게 토토라니. 그리고 그동안 잊고 있었던 어머니를 떠올렸다. 어머니뿐만이
아니라 어머니의 죽음과 그 풍경을. 죽음도 암기과목이라는 것을 깨닫는다. 죽음을
잊지 않으면 삶의 허튼짓거리들을 그만하게 된다.

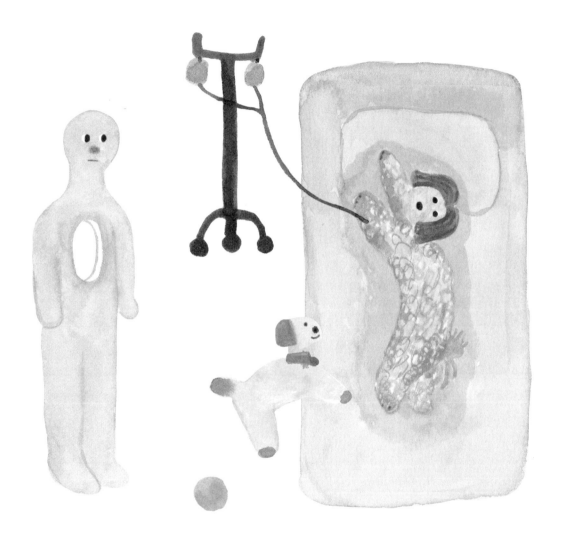

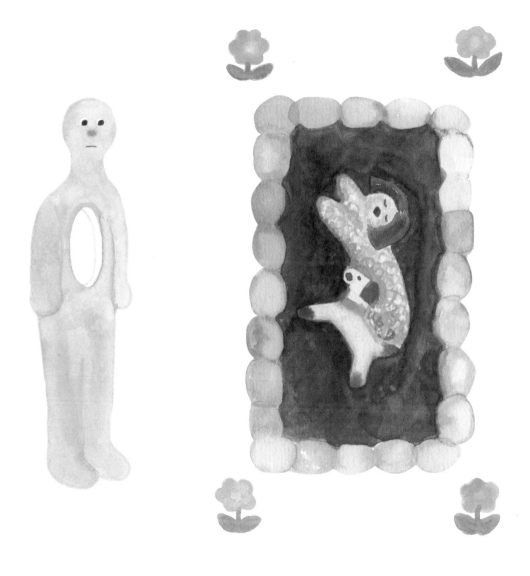

언젠가 명왕성의 사진을 본 적이 있다. 1930년 발견된 이후 태양계의 9번째
행성이었으나 2006년 국제천문연맹(IAU)의 행성분류법이 바뀜에 따라 행성의
지위를 잃고 왜소행성(dwarf planet)으로 강등당한 명왕성. 그런데 그 사진은 지구에서
명왕성을 바라본 게 아니라 명왕성에서 지구를 바라보았을 때를 과학기술의 힘을
빌려 시뮬레이션 한 사진이었다. 어느 경우든 명왕성과 지구는 인간이 상상할 수 없을
만큼 아득히 멀리 떨어져 있다. 나는 우리가, 어머니와 내가, 토토와 내가, 그토록
아득히 멀리 헤어졌다는 기분에 빠져들었다. 그러면서도 나는, 어리석게도 나는,
그들이 완전히 소멸해 버린 게 아니라, 이 우주 어딘가에서 숨 쉬고 있다면 좋겠다는
허망한 바람에 더욱 쓸쓸해졌다. 깨달은 자 석가모니 부처는 자신의 아들에게 너는
윤회의 사슬을 끊고 앞으로 누구의 아들로도 태어나지 말라, 이제 나는 누군가의
아버지로도 태어나지 않을 거라고 말했으나, 또 나는 그의 그런 말을 죽어 가는
토토에게 읽어 주었으나, 사실 나는 그들과 지금의 여기와는 다른 어딘가에서
지금의 나와는 다른 누군가가 되어서라도 꼭 다시 만나고 싶었다. 토토는 명왕성에서
내가 있는 이곳을 바라보고 있는 게 아닐까? 어머니는 어머니의 명왕성에서 나를
그리워하고 있는 것은 아닐까? 내가 지금 나의 명왕성에 홀로 서서 '영원히'라는
외로운 단어에 기대어 그들을 사랑하고 있듯이. 이것은 힘찬 말이 아니다. 분명
서글픈 말이지만, 그리고 가슴 저미는 말이기도 하지만, 우리는 이유를 불문하고
어쨌든 견뎌야 한다. 산속의 그 어떤 짐승들도 스스로에게 왜 사는가에 대한 의문을
품지 않는다. 존재는 의미에 선행하는 것. 의미를 자꾸 추적하다 보면 인간은 어쩔 수
없이 무의미에 도달하게 되고, 그것은 곧 죽음이다. 살아 있으니, 무조건 사는 것이다.

이것이 삶의 기본이다. 반면 또한 우리는 우리 각자가 누구인지 알기 위해서라도 몸을 단련하고 영혼을 정돈해야 한다. 오늘도 나는 이 수많은 인파 속을 걸어가면서도 나의 명왕성에 우두커니 홀로 서 있다. 내가 혼자라는 사실 말고는 늘 확실한 진리란 세상 어디에도 없다. 나는 아직도 내가 그날 그 저녁 문득 내 정수리에서 빠져나와 발등을 때리곤 데굴데굴— 어머니의 병실 바닥을 굴러 침대 밑으로 들어갔던 어떤 그림자 덩어리인 것만 같다. 토토는 그간 내가 자기 방어적으로 잊고 있던 죽음에 대한 감각을 되찾아 주었다. 세상 모든 사건과 사물 들이 모조리 새삼스럽다. 이것이 토토가 내게 주고 간 선물이라면 이것도 한 깨달음일 것이고 그렇다면 사랑하는 이의 죽음은 보석이다. 하지만 나는 이 보석이 너무 아프다. 하루의 어느 순간에는 너무 화가 나 차라리 세상이 온통 불살라져 버렸으면 좋겠다고 거리에서 소리치고 싶다. 누가 먼저 시작한 수작인지는 몰라도, 흔히들 죽음을 긍정적으로 포장할 적에, 그리스 신화 속의 영생하는 신들과 인간을 비교하는 경우가 있다. 그리스의 신들은 오히려 인간들을 부러워하는데, 그 이유인즉슨 인간에게는 죽음이 있어서라는 것이다. 죽음이 없는 신은 마네킹에 불과하다고. 정말 그러한가? 그리스 신들에게 물어는 봤는가? 지금 나는 내가 영생하기 위해서가 아니라 사랑하는 자의 죽음이 너무 괴로워 차라리 우리가 마네킹이어도 좋겠다. 아쉽게도 슬퍼하고 있는 나는, 기계가 아니다.

기실 우리는 살아 있어도 타인으로부터 늘 죽임을 당한다. 타인이라는 것은 지옥 이전에 하나의 죽음과 같은 벽이다. 사랑이라는 마약 같은 착각에 빠졌을 때나 그가 나의 타인이라는 사실을 잊을 뿐, 그러나 그것마저도 오래 갈 수가 없다. 그래서 먼 타인이 아니라 가까운 타인인 가족끼리는 곧잘 상처 주고 증오하게 되는 것이다. 사랑은 죽음만큼 어려운 숙제다. 누군가는 이 글을 읽고서 네 일기장에나 끼적일 일이 아니냐고 비난할지 모르겠지만, 그래도 내가 이렇게 쓴 것은, 결국 죽음에 대한 고찰은 그 어떤 세상의 이야기보다 소중하다는 믿음 때문이다. 고작 사람이란 타인에게 상처를 주는 아둔하고 잔인한 짐승들이지만, 타인의 상처를 함께 나누면서 치유받는 용한 존재이기도 하니까. 나는 스스로를 위로하면서 타인을 위로하고 싶었다. 스스로를 치유하면서 타인 역시 스스로를 치유하게 되길 기도했다. 꼭 일기가 아니더라도, 모든 글이란 어떤 의미로든 자기고백의 성격을 지니게 마련이다.

지난 8월 18일 토토의 천도재(薦度齋)가 있었다. 조용히 합장을 끝내고 집으로 돌아와 나는 10년 가까이 축축한 창고 속에 처박혀 있던 검도 장비들을 꺼내 햇살 아래서 말리고 닦아 냈다. 새로운 검도 도장도 곧 알아볼 생각이다. 토토가 그러는 것을 바라고 있기 때문이다. 아직도 나는 견디기 힘든 슬픔에 시달리고 있다. 그러나 모든 사랑이란 결국 마음을 강하게 가지는 것이다. 우리는 그래야만 한다.

2016. 10.

26

# 거대한 삼나무 숲 에세이

후드티 하나 걸쳐 입고 쓰레기 버리러 밖에 나갔다가 하마터면 동태가 될 뻔했다. 동태(凍太) — 얼린 명태. 과연 멋지다. 동태눈깔이라는 단어도. 문득 그런 생각을 했다. 하지만 나는 그렇지 않아도 쓸쓸하기 그지없는 이 세상에 삭풍수필(朔風隨筆)을 보태고 싶지는 않다. 대신 나는 당신의 마음처럼 깊은 가을을 이야기하련다. 내 지난 10월의 어느 날을 말이다. 사랑에 빠져 있는 사람이라고 해서 사랑이란 무엇인가에 대하여 늘 기록하고 분석하면서 사랑을 하지는 않는다. 사랑은 사랑이고, 사랑하고 있는 사람은 사랑하고 있는 사람이다. 마찬가지로 나는 이것이 어떤 이야기인지 잘 모르겠고 실은 뭐가 이야기이고 뭐가 이야기가 아닌지조차 별 관심이 없다. 다만 동태까지는 아닐지언정 동태눈깔 정도로는 들어 줄 만한 무엇이길 바랄 뿐이다. 모든 것들이 속절없이 얼어붙어 버리고 마는 세상 속 삭풍수필이 아니다. 당신의 마음처럼 깊은 10월의 이야기. 내 지난가을의 어느 날이다.

토토가 열한 개의 고운 구슬들로 변해 버린 그 순간부터 시인이자 건축가 함성호 형은 나를 이전보다 더욱 많이 걱정해 주었다. 구척장신(九尺長身) 낙타마냥 생겨먹은 그는 7월의 뙤약볕 아래서 토토의 유골함을 멍하니 들고 서 있는 나를 뻐끔뻐끔 내려다보며 말했다.

"내가 너와 토토 사이에서 어떤 말을 해 줄 수 있겠니."

"……."

나는 그가 반려동물 화장터까지 따라와 준 유일한 호모사피엔스인 것은 유니버셜하게 감사했지만, 대체 저게 뭔 뜻인지는 도무지 알아먹을 수가 없어

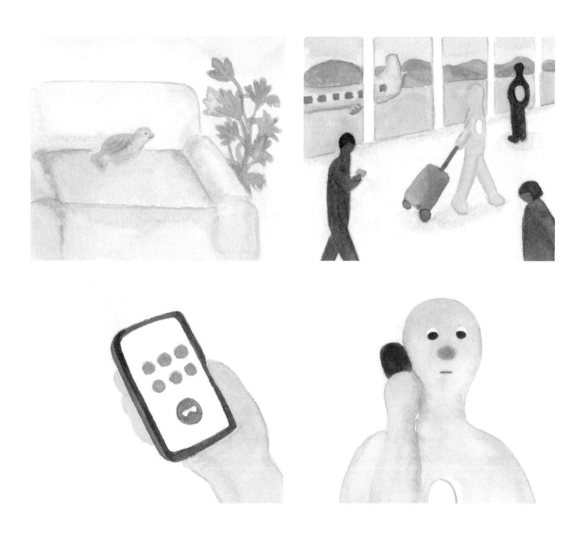

블랙홀에 갇힌 듯 갑갑했다. 대중적으로나 예술사적으로나 전위미술은 여전히 강한 생명력을 유지하고 있지만 전위음악은 그리 오래 호황하지 못한 채 쇠락의 길을 걸었다. 왜냐. 자고로 인간이란 요상한 꼴은 종종 재밌어 할 수 있어도 괴팍한 소음에는 어쩔 수 없이 짜증을 내는 법이니까.

그리고…… 여름이 잔해마저 완전히 사그라진 지 오래인 그 이른 아침에 나는 김포공항에서 성호 형에게 전화를 걸었다.

— 나 지금 떠납니다.

— 언제 오느냐?

— 안 돌아올지도 모를 일.

제주도에서 예쁜 사설 도서관을 짓고 사는 K누님 댁에 한동안 의탁할 예정이었다. 나는 토토 없이 서울에서 혼자 지내는 게 너무 힘들었다.

— 사료는 먹었느냐?

— 방금 공항 식당에서. 짬뽕.

— 참으로 어울리지 않는 행동이었구나. 짜장면을 먹지 그랬느냐.

— 웬 강요?

— 짜장면을 좋아하면 어린애고 짬뽕을 좋아하면 어른인 것.

— …….

— 어서 다시 너답게, 깡다구 있게 지내란 소리. 토토 죽은 핑계로 축 늘어져 있는 짓 그만하고. 정신병자도 정신 건강을 챙겨야 하느니라.

— ……영감님은 단팥빵이 좋으세요, 소보로가 좋으세요?

— 오우, 나는 당근 단팥빵이지. 달고, 팥이 잡귀를 물리쳐 주거든.

— 어른이 맞구나, 형은.

— 소보로를 먹는다 하였을 적에, 그것은 아이인 게냐?

— 그렇다고 해야만 하겠지.

— 짬뽕이랑 소보로를 좋아하면?

— 그럼 인생의 구라 자체가 꼬이는 거지, 나처럼.

— 너의 그 폭력적인 솔직함은 비관이라기보다는 겸손의 가능성을 일말이라도 내포하고 있는 듯하여 차마 못 견디고 싶진 않구나.

— …….

— 앞으로는 볶음밥을 먹도록 해라. 짜장 소스에 짬뽕 국물마저 나오느니.

— …….

— 모더니즘 그거 사람 골병들게 만든다. 포스트모더니즘으로 살아, 포스트모더니즘으로.

나는 이 세상 인간들 가운데 시인이자 건축가 함성호 형이 제일 좋다. 그리고 존경한다. 정말이다. 그러나 나는 무슨 수를 써서라도 절대절대, 저 형처럼 되진 않을 것이다. 바로 이것이 내 피곤한 인생의 요점이다.

공항 대합실 TV에서는 힐러리 클린턴과 도널드 트럼프가 역겹고 격렬한 말싸움을 사이좋게 주고받고 있었다. 나는 트럼프가 공화당 대선후보가 되고 나서부터는 그의 미합중국 대통령 당선을 내 나름의 공부와 논리에 의해서 장담하며 다녔다. 평소 교류하는 이들이 별로 없기에 망정이지, 다들 나를 한심하게 쳐다보는

표정들이 스릴 만점이었다. 하지만 나의 함성호만은 내게 그러지 않았다. 그 까닭은 간명했다.

　　— 네 의견에 동의하고 싶다. 트럼프가 미국 대통령이 되면 주한미군이 철수할 거 같아서 그런다.

　　당대라는 것은, 시대들 중 가장 난제다. 까마득한 1000년 전보다 당신이 직접 살고 있는 오늘이 당신에게는 오히려 더 많은 오독과 왜곡으로 점철돼 있다. 그래서인지 카를 마르크스는 『자본론』을 쓰면서 이렇게 투덜댔던 것이다. 자본주의 안에서 자본주의를 아는 것은 어려운 일이라고. 그렇다. 쥐구멍 속의 쥐에게 쥐구멍은 쥐구멍이 아니라 이 세계의 허상인 것이다. 쥐는 자신이 쥐라는 것이나 알고 사는 것일까? 쥐는 고양이가 고양이라는 것만 알고 사는 것은 아닐까? 게다가 요즘 여론조사가 자꾸만 들어맞지 않는 것은 여론조사를 대하는 사람들이 영악하고 음흉해져서만이 아니라, 21세기 현대인의 내면이 확 정전돼 버리고 왕창 와해돼 버린 탓이다. 좌우간. 나는 미합중국 대통령 도널드 트럼프를 핵전쟁의 전조쯤으로 믿고 있는 분들께 이러한 충언을 전해 드리고 싶다. 시인이자 건축가 함성호 씨는 1987년 백기완 선생의 대선캠프에 몸담고 있었다는데, 백 선생이 집권할 경우 젊은 장관 후보였다는 게다. 예나 지금이나 대한민국 대통령 백기완은 상상하기조차 불가능하지만 함성호가 대한민국의 어느 부처 장관인 풍경을 그려 보고 있노라면 모골이 송연해지다가 파마가 돼 버릴 지경이다. 그러니 여러분은 미국인도 아니신 주제에 남의 나라 대통령 도널드 트럼프 앞에서는 좀 태연들 하시라, 라는. 우리는 현상과 당위를 구분하기는커녕 무식한 억하심정과 유치한 자기현시를 이념이라고

사기 치면서 실재적이고도 시급한 문제들을 농락하고 유린하는 환자들이
득실득실한 나라에 살고 있다.

　　내가 성호 형에게 말했다.

　　— 나 유기견이라도 입양할까?

　　— 왜?

　　— 토토가 없으니 외로워서.

　　— 그러지 말거라.

　　— 왜?

　　— 왜? 너는 왜 인생에 불편한 게 없으려고 그러냐?

　　— …….

　　— 노래를 잊지 마라. 그게 중요하다.

　　나는 둔감한 악마가 예민한 인간에게 옳은 소릴 지껄이는 세상이 지긋지긋했다.
입양이야 뭔 경로로든 누구 눈치 안 보고 당장 할 수 있지. 하지만 훗날에 분명히 또
찾아들 가혹한 이별이 너무 두려워, 망설임조차 결심인 게 사실이었다.

　　— 나 진짜 간다.

　　— 술 마시지 말거라.

　　아무런 대꾸 없이 전화를 끊은 다음. 비행기 탑승구 앞에서 좌석권을 항공사
여직원에게 내미는데, 불현듯 등 뒤에서 묘한 감정을 불러일으키는 새소리가 났다.
나는 황급히 뒤를 돌아다보았다. 뭐 대단한 시조새가 날개를 펴고 있을 리 없었다.
이제는 헛것까지 들리는구나. 나는 내가 가끔씩 함성호에게 그러는 눈빛을 내게

날리고 있는 항공사 여직원을 지나쳐 탑승구 안으로 비적비적 걸어 들어갔다.

　　비행기 안에서 줄곧 나는 작은 금속함이 달린 목걸이를 왼손에 살포시 쥔 채 눈을 감고 있었다. 화장장 화덕에서 나온 반려견의 유골을 다시금 초고온으로 가열해 기술처리하면 스님의 사리와 비슷한, 이른바 엔젤스톤이 만들어진다. 그 작은 금속함에는 토토의 유골에서 열한 개의 구슬 모양으로 추출된 뒤에도 남은 볍씨만 한 엔젤스톤들이 담겨 있었다.

　　토토의 천도재 이후로 나는 겉으로든 속으로든 한 번도 토토의 이름을 부르지 않았다. 그리움이 감당할 수 없을 정도로 사무쳐 왔기 때문이다. 대학교 시절에는 뭔가 좀 고독한 기분에 사로잡히면 그때 구할 수 있는 가장 두꺼운 새 책을 사서 첫 페이지부터 마지막 페이지까지 단 한 글자도 빼놓지 않고 꾹꾹 밟아 가며 다 읽어 버렸다. 내용의 이해 같은 것은 하등 관계없었다. 무조건 활자만 섭렵했다. 그러면 대세를 가늠할 수 없는 청춘의 혼전(混戰)이 중역(重譯)되는 것만 같아서 차라리 마음이 편해지곤 했다. 책과 함께 있으면 나무와 함께 있는 것처럼 위로가 된다. 이것은 정신적 은유가 아니라 물리적 상상력이다. 푸르고 높은 아름드리나무로부터 책의 갈피갈피가 나왔으니 책을 품고 있는 우리는 푸르고 높은 아름드리나무를 햇살처럼 들고 다니며 그것 아래 고여 있던 그늘과 그것을 흔들던 비와 바람을 읽고 있는 셈이다. 뜻 깊은 책 한 권을 가진다는 것은 한 그루 영원히 자라는 영혼의 나무를 가진다는 뜻이다. 내가 책을 쓰는 사람이 된 것은 아마도 외로움이 많아서였을 거라고 나는 늘 생각해 왔다. 책을 쓰는 일은 외로움과 정면으로 부딪히는 일이고, 기실 그것이 외로움을 소화하는 최선의 태도이자 방법론인 것이다.

어둠 속에서 나는 삼나무 한 그루를 고요히 떠올려 보았다. 삼나무는 늘 푸른 바늘잎 큰 나무로 키 40미터에 지름이 두세 아름은 보통인 거목이다. 『일본서기』의 「신대(神代)」에 보면 스사노오노미코토(素戔嗚尊)라는 신이 나오는데, "내 아들이 다스리는 나라에 배가 없어서는 안 될 일이다."라며 자신의 수염을 뽑아 흩어지게 하니 삼나무가 되었다고 한다. 나이테 무늬가 고운데 정갈하고 해충을 물리치는 향기를 품어 가구목재로 각광받는 삼나무는 편백나무와 더불어 일본인들이 매우 사랑하는 수종(樹種)으로서 하이쿠(俳句)를 비롯한 여러 일본문학에 자주 등장한다. 우리나라에 있는 삼나무들은 1900년대 초 이후 일제로부터 도입되어 남부 지방에 심어졌다. 삼나무가 특히 추위에 약하기 때문이고, 제주도에 몰려 있는 것들은 방풍림으로 조성되었다.

한 그루 삼나무는 내 마음속에서 한 권의 책이 되었다가 책상이 되었다가 통나무집이 되었다. 그 안에는 벽난로가 있고 토토가 그 앞에서 배를 뒤집으며 놀고 있었다. 내가 무언가 한 편의 글을 다 쓰고 나자, 어느새 녀석은 새근새근 잠들어 있었다. 16년이라면, 서른한 살의 내가 마흔일곱 살이 되는 시간이다. 나의 그 시간을 정확히 알고 있는 유일한 존재는 토토였다. 업은 윤회에서 비롯되고 이 업이 다시 윤회를 생산해 돌고 돈다. 사주에 복종하면 이날은 이렇고 저 날은 저렇고 하면서 운명이라는 말장난의 노예가 돼 버린다. 대신 악한 행동이 내게 와도 반응하지 않으며 독송을 하고 진언을 외우면 업이 바뀌고 그것이 내 마음에 들어와 빛나게 된다. 나는 나의 업과 윤회를 직시하고 싶었다. 성호 형은 나더러, 토토야. 너는 죽었다, 라고 가끔

허공에 일러주라고 말했다. 그래야 49제 이전에 이승과 저승 사이에 머물고 있는 토토가 자신은 죽었다는 사실을 잊지 않는다고. 집 근처 작은 절에서 천도재를 지내주며 나는 토토에게 이렇게 말했다. 네가 있게 되는 곳이 다시 이 세상이건 아니면 정말로 무지개다리 건너편이건 간에, 그 어떤 곳보다 가장 좋은 곳이라고 믿을게. 아빠는 여기서 꼭 해내야만 하는 일들이 아직 몇 가지 남아 있어. 만약 그것들이 뜻 깊은 일들이라면 그 어떤 어려움 속에서도 반드시 이룰 수 있게 도와다오. 네가 있을 곳에 나도 있을 자격이 없다는 것이 두렵지만, 토토. 내 일생 가장 아름다운 인연. 그 어떤 인간보다 순수한 내 친구야. 사랑한다. 널 잊지 않을게. 너도 나 잊지 마. 다시 만나자.

한 시간쯤 뒤 나는 해안가 카페 파라솔에 홀로 앉아서 바다를 바라보며 느긋하게 망고주스를 마시고 있었다. 성호 형 당부대로 술은 입에 대지 않기로 했다. 역사를 움직이는 사건 혹은 변화는 결코 하나의 모순(원인)에서 발생하는 게 아니라 다른 여러 모순(원인)들과 결합해 빚어진다. 이것이 소위 루이 알튀세르의 중층결정론 개념이다. 살아내고 생각하는 것은 단순할수록 좋을지 모르겠으나, 이해하는 것까지 단순하면 제 안에서건 제 밖에서건 참사가 터지기 마련이다. 왜냐. 세상이라는 참사 자체를 이해할 수 없으니까. 오답을 정답으로 우기며 타인을 괴롭히게 되니까. 1914년 6월 28일 일요일. 사라예보에서 오스트리아–헝가리 제국의 황태자 프란츠 페르난디트와 황태자비 호엔베르크 조피를 사살한 열아홉 살 세르비아 청년 가브릴로 프린시프는 자신의 그 행동이 제1차 세계대전의 신호탄이 되었다는 사실

앞에서, 4년 뒤 오스트리아 테레지엔슈타트에 있는 감옥 부근 병원에서 죽게 되는 그 순간까지 어리둥절해했다고 한다. 체포될 때 이미 결핵을 앓고 있던 프린시프는 수감 중 골결핵으로 악화돼 한쪽 팔을 절단했으며 결국 자신이 일으킨 제1차 세계대전이 7개월쯤 뒤 종식되는 것을 못 본 채 1918년 4월 28일 폐병으로 사망했다. 그게 역사고, 그게 개인이다. 중층결정론 개념이니 뭐니 따질 것도 없다. 2500년 전에 석가모니 부처가 연기론(緣起論)으로 다 설명해 주고 간 과학이 아닌가 말이다. 내가, 저 혼자 역사를 짊어진 듯 구는 자들의 진심은 믿어도 그들의 지능과 지성은 경멸하는 이유가 그래서이다. 당연히 진심이니까 저렇게들 재수 없는 바보천치겠지. 코미디를 공연하기 위해 무대와 배우가 필요한 게 아니라, 코미디를 해석한다면서 배우는 객석에 불을 지른다. 그게 세상이다.

그러한 상념에 잠겨 있던 와중에, 나는 깜짝 놀랐다. 토토가 나를 찾고 있는 게 아닌가. 정신을 차리고, 개 짖는 소리가 나는 쪽으로 가 봤더니. 카페에서 키우는 블랙리트리버 한 마리가 굵은 줄에 매어져 있었다. 그런데. 똥이 사방에 널려져 있고 밥통과 물통이 더럽게 말라붙어 있는 것이, 관리 상태가 거의 학대수준이 아닌가. ……개는 나의 눈을 보았고. 나는 개의 눈을 보았다. 나는 몇 모금 넘기지도 않은 망고주스를 쓰레기통에 집어 처넣고 자리를 떴다. 왜냐. 카페 주인 놈을 때려죽여 버릴 것만 같아서.

나는 해안가를 걸으며, 개의 주인이라는 것과 개라는 것에 대해 생각했다. 짐승과 인간에 대해 생각했다. 인간이라는 짐승에 대해 생각했다. 개라는 불쌍한 천사에 대해 생각했다. 친구라는 것에 대해 생각했다. 이해할 수 없는 것들에 대해 생각했다.

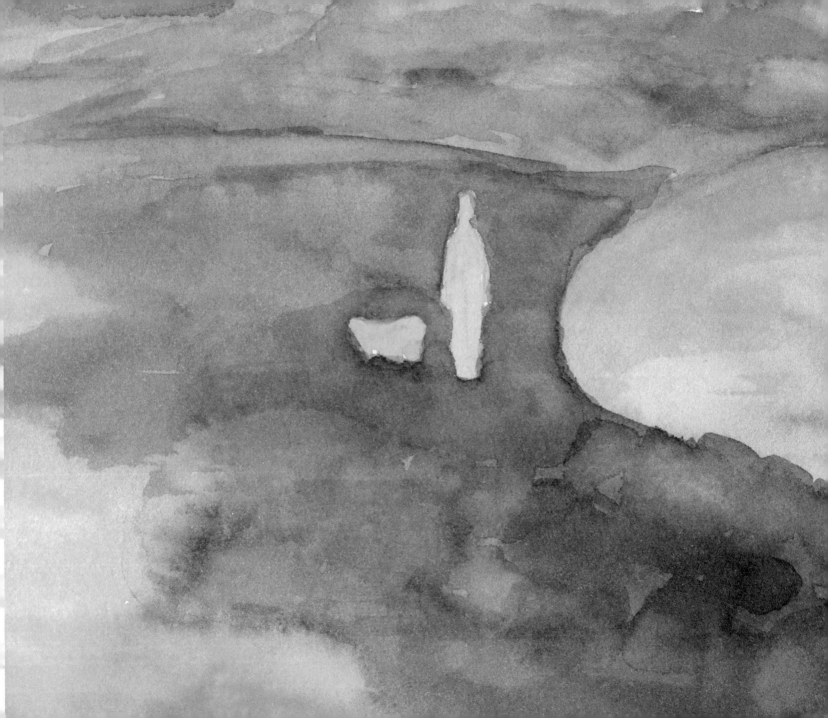

……그리고 ……바닷바람이 태풍의 눈동자 같은 방풍림을 천천히 휘감아 돌았다. 어느덧 나는 거대한 삼나무 숲 한가운데 서서 은박지에 싸온 햄버거를 먹고 있었다. 얼마 뒤에는 저녁이 노을과 함께 내려앉을 거였다. 나는 생수병의 물을 반은 마시고 나머지 반으로는 얼굴을 축였다. 김포공항 비행기 탑승구에서 들었던 환청은 그곳에서 분명한 새소리로 여기저기서 문득문득 울려 퍼지고 있었다. 나는 무언가를 묵묵히 기다리고 있는 신들처럼 느껴지는 저 삼나무들이 책이라면 첫 페이지부터 마지막 페이지까지 단 한 글자도 빼놓지 않고 다 읽어 버리고 싶었다. 거대한 삼나무 숲은 내게 쥐구멍이 아니어야 했다. 이 세계의 허상이 아니어야 했다. 인간은 자신이 원하는 비극을 위해서 일부러 쥐가 되고 또 일부러 자신의 슬픔 주위에 고양이를 풀어놓는 게 아닐까.

토토의 천도재 이후로 나는 겉으로든 속으로든 단 한 번도 토토의 이름을 부르지 않았더랬지만, 비로소 나는, 토토의 이름을 소리 내어 불러보았다.

"……토토."

그리고 말했다.

"토토야. 너는 죽은 거다. 알고 있지?"

삼나무 숲을 걸어 나오는데, 핸드폰에서 음악이 흘러나왔다. 예쁜 사설 도서관을 제주도에 짓고 사는 K누님이 나를 찾고 있었다. 도착해도 벌써 했었을 텐데 아무 소식이 없어서였을 것이다. 나는 음악이 멈출 때까지 그대로 두었다. 나는 날이 저물기 전에 어서 이 거대한 삼나무 숲과 그 거대한 섬을 떠나고 싶었다. 앞으로는 볶음밥을 먹도록 해라. 짜장 소스에 짬뽕 국물마저 나오느니. 모더니즘 그거 사람 골병들게 만든다. 포스트모더니즘으로 살아, 포스트모더니즘으로. 성호 형의 위대한 말씀을 되새기니, 피식, 웃음이 비어져 나왔다.

　나는 돌아오는 비행기 안에서도 줄곧 작은 금속함이 달린 목걸이를 왼손에 살포시 쥐고 있었다. 나는 악한 행동이 내게 와도 반응하지 않으며 독송을 하고 진언을 외우듯 한 편의 시를 한 줄 한 줄 머릿속에서 묵독(黙讀)했다. 대학교 시절 좋아하던 잉게보르크 바하만의 「소외」였다. ……나무들에게서 나는 더는 나무들을 볼 수 없다. ……가지들은 바람이 불어도 잎새들을 가지지 않는다. ……열매들은 달콤하다. 하지만 사랑이 없다. ……열매들은 한 번만 포식하는 것이 아니다 ……이제 무엇이 되어야 할 것인가? ……내 두 눈앞에선 숲이 날아가고 ……내 두 귀 옆에선 새들이 입을 닫는다. ……나를 위해서는 어떤 초원도 침대가 되지 않는다. ……나는 시간 앞에서 포만하고 ……시간에 굶주려 있다. ……이제 무엇이 되어야 할 것인가? ……산 위에선 밤에 불이 타오를 것이다. ……나는 나를 열고 모든 것들에게로 또다시 다가가야 하는가? ……나는 어떤 길에서도 길을 볼 수가 없다. ……좀 비감하긴 하지만, 아름다운 시였다. 인생의 가장 어려운 문제가 딜레마에 있다고들 하지만, 딜레마야말로 인생 최고의 맛이다. 딜레마에서야말로 한 인간의 결정력이 드러나기 때문이고, 그 결정에 의해 놓아 버리게 된 것을 통해 오히려 한 인생의 진면목이 드러나기 때문이다. 인간은 놓아 버리는 것이 확실할수록 더 잘 싸울 수 있다. 딜레마가 없는 인생은 실패한 인생이고, 딜레마를 피하는 인생은 비겁한 인생이며, 딜레마 속으로 뛰어드는 인생은 꼭 한 번 살아 볼 만한 인생이다. 노래를 잃지 마라. 그게 중요하다. 당신의 마음은 깊은가? 우리의 마음은 서로의 상처를

알아볼 정도로 깊은가? 누군가 내게 그렇게 묻는 목소리가 들렸다. 이제 무엇이
되어야 할 것인가?

2017. 2.

하얀 뭉게구름 안에 있는 것

착한 척하는 인간들의 돼먹지 않은 기도들이 역겨워 하나님은 이 지긋지긋한 지구에서 아예 저 먼 별나라로 이주해 버리셨다. 우리가 밤하늘을 올려다보았을 적에 알 수 없이 눈시울이 뜨거워지는 것은 바로 그 때문이다.

그날 정오 무렵, 나는 홀로 철문 앞에 서 있었다. 파란색 페인트칠이 누더기처럼 벗겨진 녹슨 철문이었다. 안전상 철거가 시급해 보이는 상가건물의 계단을 오르면서, 나는 내 인기척에 수많은 개들이 필사적으로 짖어 대는 소리를 들었다. 그 아이들은 사막에서 낙타가 물을 찾는 것처럼 내 존재를 감지하고 있었다. 철문 맞은편에는, 그러니까 유기견 보호소 앞 내 등 뒤에는, 유령들이 교인일 것만 같은 교회의 금 간 유리문이 있어서, 뭔가 분위기가 B급 공포영화의 촬영 세트장 같았다. 철문은 개들의 절규만 차단 못하는 게 아니었다. 잘 씻겨 주지 못하는 녀석들의 냄새가 어두운 복도 가득 코를 찔렀다. 늦가을이었다.

돌이켜보면 지금보다 대강 여섯 살이나 젊었음에도 당시 나는 내가 이미 완전히 늙어 버렸다는 독단에 빠졌더랬다. 그만큼 나는 침울하고 지쳐 있었다. 뭐가 젊음이고 뭐가 늙음인지도 모르면서 말이다. 어쨌거나 나는 일생일대의 결심으로 그 철문 앞까지 온 사람이었다. 누구나 한 번쯤은 자신의 철문 앞에 홀로 서게 되는 게 인생이 아닐까도 싶었다.

도착했다는 내 전화를 받은 한 청년이, 조금 전 내가 올랐던 계단 끝에서 복도로 모습을 드러냈다. 웃옷과 바지가 짝이 맞지 않는 꾀죄죄한 트레이닝복을 입었는데

많아 봐야 스물대여섯 살쯤으로 보였다. '고시원 공포웹툰'의 조연 캐릭터, 딱 그 스타일이었다. 정말로 세 평짜리 고시원에서 먹고 자고 그러는지도 몰랐다. 지나치게 선량해서 슬픈 얼굴, 유기견 보호소 관리자가 아니라 그 친구 본인이 유기견 같았다. 입양 문제로 나와 수차례 전화통화를 한 바 있는 원장 아주머니는 아예 나타나지 않았다.

고시원 공포웹툰이 바지호주머니에서 과자 부스러기를 털어 내듯이 열쇠를 꺼내 철문을 열었다. 순간, 나는 유기견 보호소라는 것의 내부와 난생처음 맞닥뜨렸다. 얼추 백여 마리의 개들이 철창 안과 비닐장판 바닥에서 발광(發狂)을 해 댔다. 자원봉사자들의 도움이 늘 턱없이 부족한 환경이었다. 정신을 수습한 나는 고시원 공포웹툰이 가리키는 데로 가서, 마치 나를 알아보고 달려오는 것 같은 개 한 마리를 반사적으로 안아 올렸다. 원장이 보내 준 사진과 동영상 속에서 자기보다 큰 개들에 치여 시달리던 그 수컷 시추였다. 먹이 다툼에서 뒤쳐진 탓에 너무 말라, 안고 있는 내 팔뚝이 아팠다. 녀석은 "어서 우리 집으로 가자."는 듯이 나를 쳐다봤다. 우리? 우리 집? 아아, 정말 그렇게 말하고 있는 것 같은, 묘하게 예쁜 갈색 눈동자였다. '인간'이 무엇인지 알고 싶은가? 이에 학문 따윈 필요 없다. 유기견 보호소에 가 보면 된다. 배신당해 버려진 개들이 인간을 증언하고 있을 것이다.

고시원 공포웹툰은 서로를 끌어안고 있는 갈색 눈동자와 나를 디지털카메라로 연속해서 사진 찍었다. 구청 제출용이었다. 나는 왼팔로 갈색 눈동자를 계속 안은 채 오른팔을 뻗어 여러 장의 서류들을 작성해야 했다. 만약 그곳 바닥에 갈색 눈동자를 다시 내려놓는다면 영원히 헤어질 것만 같았기 때문이다.

절차를 다 끝마치고, 철문을 나서려는데, 고시원 공포웹툰이 갈색 눈동자에게
이렇게 말했다.

"잘 가, 리치. 행복해야 해."

유기견 보호소에서 임시로 부르는 녀석의 이름이 '리치(Rich)'였다. 버려진 건지
실종된 건지 하여간 거지꼴을 하고 있는 작은 개에게는 말도 안 되는 이름이었다.

나만의 착각이었을까? 고시원 공포웹툰은 우리를 따라가고 싶어 하는 눈치였다.
소름이 돋았다. 절대로 있을 수 없는 일이었다. 나는 세상에서 가장 어울리지 않는
이름이 붙은 개를 안고 그 허물어져 가는 건물이 진짜로 와르르 무너지기 전에
서둘러 바깥으로 빠져나왔다. 개들이 울부짖는 소리가 내 뒷모습을 물들였다. 새로운
가족이 끝까지 생기지 않는다면 안락사를 당하거나 그렇지 않더라도 저 연옥(煉獄)을
하염없이 견뎌야 할 아이들이었다. 나는 심한 죄책감에 사로잡혔다.

전날 밤, 나는 아이의 이름을 '행복'으로 정했었다. 나는 불행했고, 행복하고
싶었다. 나는 어렵게 찾은 내 행복이 도망칠까 봐 행복이를 더 꼭 안았다. 뼈만 남은
행복이가 그러는 것인지 영혼이 피폐해진 내가 그러는 것인지 아니면 그러한 '우리'
둘이 함께 그러는 것인지 둥둥둥 심장 뛰는 소리가 사방으로 퍼져나갈 지경이었다.

나는 고개를 들어 혹시 어디 무지개가 떠 있진 않나 두리번거렸다. 황당한
짓이었다. 요 며칠 비 온 적이 없었고, 하얀 뭉게구름만이 있는 화창한 날이었다.
반려견들은 죽어서 무지개다리를 건넌다고 한다. 그래서 훗날 가족이 죽으면 그
무지개다리로 마중을 나온다고 한다. 행복이는 내 가슴에 포옥 얼굴을 묻었다. 곧
겨울이 오겠지. 저 하얀 뭉게구름 같은 함박눈이 내리겠지. 단 하루라도 토토가

죽은 그날로부터 어서 어서 더 멀어졌으면 싶었다. 나는 택시를 기다리며 서 있는 그 자리에서 행복이의 이름을 '토토'로 바꾸었다. 누구나 한 번쯤은 제 인생의 철문 앞에 홀로 서게 된다. 그것이 철문인지 무엇인지 알건 모르건 간에. 우리의 첫 늦가을이었다.


2


의사인 고교 동창이 전화를 걸어와 물었다.

"왜 토토가 둘이야?"

내 책 에세이소설 『해피 붓다』의 맨 앞장에는 이런 헌사(獻詞)가 있다.

— 무지개다리 건너편에 있는 토토와 지금 내 곁에 있는 토토에게

내 의사 친구는 『해피 붓다』의 이 부분을 의아하게 여겼던 거다. 그는 내가 토토와 16년간 지내다가 사별한 뒤 유기견을 입양해 또 '토토'라는 이름을 붙인 사실을 몰랐던 것이다. 나는 그냥 이렇게 대답했다.

"그런 게 있어."

"……."

귀찮아서라기보다는, 설명하려면 너무 많은 양의 진지한 감정이 필요해서 그랬다. 나는 옆에 엎드려 있는 토토의 머리를 쓰다듬어 주었다. 더이상은 아프지 않은 작은 짐승이 나를 쳐다보았다. 길게 잡아봤자 십수 년 안에 이 녀석과도 영원히 이별하게

되겠지. 모름지기 사람에게는 이정표가 중요하다. 자신에게 다가온 어떤 일들을, 어쩌면 사소한 일들조차도 이정표로 삼는 이가 현실을 견디고 꿈으로 전진하는 법이다. 소설가인 내가 내 책의 외부에서 원하는 이야기는 대체로 그런 성격의 것이다.

『해피 붓다』가 세상에 나온 날, '1판 1쇄 발행 2019년 7월 1일'을 보고는 깜짝 놀랐다. 전혀 의도한 게 아니었을 뿐더러, 저런 날짜는 저자인 내가 맘대로 정할 수 있는 것도 아니다. 토토는 2016년 7월 1일 밤 10시경, 무지개다리를 건너갔던 것이다. 이 녀석이 이런 식으로 내게 안부를 묻는구나, 하는 생각에 눈물이 고였다.

홍콩 무비스타 주성치의 이름을 거꾸로 한 필명을 가진 일본작가 하세 세이슈는 소설 『소년과 개』(손예리 옮김, 창심소, 2021)로 유명하다.

"내가 개와 함께 산 지도 어느새 25년의 세월이 훌쩍 넘었다. 지금까지 세 마리의 개를 떠나보냈고, 현재는 두 마리 개와 함께 살고 있다. (……) 죽음, 이별은 가슴이 찢기는 슬픔을 동반한다. 결코 익숙해지지 않는다. 그럼에도 나는 개와 함께 사는 삶을 선택했고, 여기에 후회는 없다. 개는 내 가족이며 스승이기 때문이다. 그들은 과거의 일에 연연해하지도 않고, 다가올 미래를 고민하지도 않는다. 오로지 현재를 살아갈 뿐이다. 그리고 가족에게 무조건적인 사랑을 쏟는다.

젊은 시절 나는 아무렇게나 살았다. 오만했다. 이 세상이 나를 중심으로 돌아가야 했고, 모든 것이 내 발 아래 있다고 생각했다. 그런 나를 조금씩 바꿔 준 고마운 존재가 바로 개들인 것이다."

"40대 중반이 되면서부터 나는 사람과 개와 관련한 소설을 쓰기 시작했다. 그 전까지는 누아르 소설을 쓰는 소설가로 알려져 있었다. 암흑가를 무대로 폭력과

배신이 난무하는 소설을 여러 작품 써 왔다. 그 때문인지 내가 쓴 개에 대한 소설은 그다지 인기를 끌지 못했다. 그래도 나는 집필을 멈추지 않았다. 사람과 함께하는 삶을 선택한 개라는 생명체에 대해 내가 할 수 있는 일은 쓰는 것밖에 없었기 때문이다."

"개는 우리에게 늘 가르쳐준다. 무엇보다 중요한 것은 사랑이며, 인간적인 계산이 없는 무조건적인 사랑이야말로 모든 것을 이길 수 있다고. 영혼과 영혼의 소통이야말로 인류라는 어리석은 종을 구원해 줄 것이라고."

자신과 똑같은 생각을 가진 사람을 홀로 멀리서나마 알게 된다는 건, 기쁨 이전에 충만한 위로를 준다. 그게 책의 힘이겠지. 글의 힘이겠지.

반려견과 사별한 뒤 다시 반려견을 입양한다는 건 정말이지 쉬운 결정이 아니다. 사람이 아이를 입양할 적에 그 아이가 자신보다 일찍 죽을 것을 당연시하고 입양하는 부모는 없다. 하지만 반려견을 입양하는 보호자는 당연히 그래야만 한다. 아이가 자신보다 먼저 죽을 것이며 그 과정을 돌보고 그 결과까지 견뎌 내야 한다는 태양 같은 사실을 도저히 외면할 길이 없다. 첫 번째 사별까지는 어찌어찌 알면서도 모른 척 지내다가 닥치게 되면 그때 가서 감당한다지만, 그 이후에 이루어지는 입양부터는 만남의 첫날부터 사별의 트라우마를 각오하고 극복해 내야만 하는 것이다. 혹자는 사람과 헤어지는 것보다 개와 헤어지는 것이 더 힘들었다고 말하면 무슨 죄나 짓는 것마냥 여기기도 하지만, 글쎄 그것이 죄인지 아닌지는 직접 겪어 보면 알게 된다. 예컨대, 부모님과의 경우를 비롯해 사별이 차고 넘치는 나였음에도 불구하고 그 경험들이 토토와의 사별에 이렇다 할 도움이 되지는 못했다. 어느 쪽의 고통이 더

크고 무겁다는 게 아니라, 사랑하는 사람과의 사별과 사랑하는 개와의 사별은 각기
다른 빛깔로 엄청난 고통이라는 뜻이다.

　토토가 죽고 나서 석 달 남짓이 흐르는 동안 녀석의 부재가 감각될 적마다
가슴이 칼에 찔린 것처럼 아팠더랬다. 이대로는 돌아 버릴 것만 같아서, 그런 내
이야기를 「명왕성에서 이별」이라는 산문으로 발표했다. 한 글자 한 글자 새기듯
정성을 다한 건 맞지만, 남이 읽어 주라고 쓴 글이 아니었다. 나 자신을 위로하기
위해 쓴 글이었다. 내가 살고 싶어서 쓴 글이었다. 그런데, 반응이 뜻밖이었다. SNS를
중심으로 퍼지며 상당히 인기가 있었다. 늦가을이었다.

　와중에, 아무리 숨어서 지내는 작가라고 해도 여러 경로로 편지를 전달받았는데,
그중 어느 변호사의 글이 각별했다. 프라이버시일 수 있기에 보편적인 문장으로만
설명하자면, 그는 14년 10개월 동안 단둘이 함께하던 비글을 암으로 잃고서 극단의
비관과 우울에 괴로워하고 있었다. 본인이 대표인 변호사 사무실을 아예 문 닫아
버리고 아이와 바닷가에 가서 마지막 나날들을 보냈고, 결국 아이는 그의 품에서
숨을 거두었다고 했다. 독실한 불교신자인데, 집 안에 모셔둔 불상(佛像)도 뒤로
돌려놓을 정도로 세상이 캄캄하고 미워졌다며 스스로도 자신이 위험한 상태임이
느껴져 뭔가 도움을 받을 수는 없겠나 싶어 반려견과의 사별을 다룬 글들을 검색해
보다가 「명왕성에서 이별」을 읽게 되었던 것이다. 그는 하루에도 스무 번 넘게
되풀이해 읽으며 위로를 받고 있다고 적었다. 그런데 오히려 그의 그런 글을 읽고
위로받은 것은 다름 아닌 나였다. 예외적으로 오직 그에게만 답장을 보내 주었는데,
무지개다리 건너편에 있는 아이를 위해서라도 다시 힘을 내 일어나 걷고 뛰시며 혹시

기회가 닿는다면 유기견 보호소에 꼭 한 번 가 보시라고 서신을 끝맺었다. 그리고 나는 무지개다리 건너편에 있는 토토를 위해서라도 다시 힘을 내 일어나 걷고 뛰었고 유기견 보호소로 가서 리치, 아니, 토토를 입양했다.

요즘도 가끔 그 변호사의 편지를 생각한다. 나는 나를 위한 글을 써 놓고도 남에게 감사의 인사를 받은 사람이다. 가장 이상적인 세상이란 그런 게 아닐까 하는 정답도 얻었다.


3


지금 토토의 털은 나랑 살고 나서부터 자란 털이다. 보드랍고, 윤기가 잘잘 흐른다. 5년 전 유기견 보호소에서의 그 철사 같고 가시덩쿨 같던 털은 미용을 받으며 싹 다 잘려나갔고 이후 완전히 건강해진 토토 몸에는 새살처럼 새털이 덮여 있는 것이다. 나는 비가 오나 눈이 오나 매일 한 차례 하는 산책 중 토토에게 이렇게 말하곤 한다.

"길고양이들을 좀 봐. 얼마나 가여운지. 뭐 드는 생각 없어? 감사와 겸손. 그런 생각. 응?"

이제껏 아무 대답도 듣지 못했지만 불만은 없다. 사실 길고양이들 앞에서 생각이 많아져야 할 건 토토가 아니라 인간들이니까. 개와 고양이는 함께 살던 인간을 배신하고 버린 적이 없다.

2016년 11월 14일, 내 비망록은 이러하다.

"유기견 보호소를 나와서 나는 우선 이런 일들부터 했다. 16년간 토토가 다니던 동물병원에 들러 토토에게 온갖 검사와 진료와 처방 들을 한 뒤 목욕과 미용도 시켰다. 병원에서 도착하자마자 설사부터 하더니 아프기 시작했다. 세상에 겨울비가 내리는데, 아이는 아프고, 나도 몸살을 앓고 있다. 아이의 이름은 '행복'이 아니라. 그냥 '토토'라 지어 주었다. "토토야." 하고 부르면, 그게 뭔 소린가 하고 나를 갸우뚱 바라본다. 나는 잘 지내고 싶다. 내 마음 속의 토토와 지금 내 앞의 토토와 함께."

나흘 뒤,

"토토가 더 많이 아프다. 폐렴과 기관지염과 기관지협착증. 유기견 보호소에서는 기를 쓰고 견뎌 낸 병들이 이제 내 곁에서 터져 나오고 있는 것이다. 불쌍하고, 속상하다. 토토를 간호하다가 내가 병이 났구나. 지난여름 무지개다리 저편으로 건너간 토토와 그랬던 것처럼. 이별만큼 만남도 어려운 것이 삶이고 인연인가 보다."

사흘 뒤,

"대형마트 지하 동물병원 앞에서 올해의 첫 크리스마스 캐럴을 들었다. 이상하게 마음이 안 좋았다. 나는 아픈 토토를 꼭 끌어안고 이렇게 되뇌었다. 나는 사적인 인간이다. 나는 사적인 인간이다. 잊어선 안 된다. 흔들려선 안 된다. 나는 세상일 때문에 이상하게 마음이 안 좋을 이유가 전혀 없는, 사적인 인간이다. 대형마트 지하 동물병원 앞에서 다짐한다."

그리고 또 사흘 뒤.

"토토의 병세가 어젯밤 다시 악화됐다. 기침과 호흡 곤란, 콧물이 낫지를 않는다. 근심이 크다. 이별도 아프지만 새로운 만남도 이렇게 힘이 든다. 세상에는 정말 공짜가 없나 보다. 아님. 나한테만 이런 건지. 답답하니, 별소리가 다 나온다. 하긴 인간은 언제나 바보 같은 짓을 할 수 있다. 특히 평소에도 머저리 같은 나 같은 머저리는 특히."

12월 10일,

"주니어 토토는 잘생긴 외모와 쿨한 성격에 사람을 좋아하고 잘 달린다는 것 등에서는 시니어 토토와 참 비슷하지만 몇 가지 점에서는 꽤 다르다. 필경 유기견 출신이기 때문일 것이다. 시니어 토토는 생후 석 달 즈음부터 내가 보듬어 키워서인지 누구를 공격하기는커녕 누가 자기를 해칠 수 있다는 상상 자체를 아예 하지 못했었다. 반면 누구도 핥아 주거나 하진 않았지만. 그런데 주니어 토토는 겪은 상처와 시련들이 많아 정말 이해할 수 없는 포인트에서 갑자기 화를 내고 문다. 늘 그런 것은 아닌데 문득문득 그런다. 처음엔 나도 힘들었다. 게다가 그런 애가 아프기까지 하니 간호해 주기가 너무 불편하고. 그러던 토토가, 그제부터, 내가 지쳐 누워 있으면 조용히 다가와 내 얼굴을 핥아 준다. 따뜻한 두 손으로 내 마음을 어루만지듯이."

12월 12일,

"토토 마음을 잘 모르겠다. 상처 많은 마음. 10년 전 즈음의 나를 보는 것 같다.

지금 내 마음은, 가만히 기다리는 마음."


2017년 1월 3일,

"공식적으로 선언한다. 토토의 폐렴과 각종 질환들을, 종식시켰다. 토토와 나는
만났고, 우리는 불행을 이겼다."


2017년 2월 9일,

"유기견 보호소에서 데려왔을 적에 토토는 몸무게가 4.2킬로그램이었다. 안고
있는데 엉덩이뼈가 내 팔에 닿아 아플 정도였으니까. 보금자리와 보호자가 생기자
비로소 긴장이 풀렸는지 폐렴과 이질과 독감을 심하게 앓았고, 지극정성을 들여
기어코 완치시켰다. 잘못하면 애 또 죽나 싶을 정도로 어려운 과정이었다. 며칠 전
각종 예방접종을 시키고 구충제를 먹이면서 다시 몸무게를 달았다. 6킬로그램.
수의사 말로는, 강아지가 그 정도 몸무게가 느는 것은 사람으로 치면 30킬로그램 정도
느는 것과 같다고 하더라. 나는 무척 기뻤고, 문득 슬펐다. 6킬로그램. 무지개다리를
건너간 토토가 건강했을 때 몸무게가 딱 6킬로그램이었다."


5월 27일,

"토토에게서 진정한 남자다움이란 무엇인가에 대하여 날마다 많이 배운다.
무지개다리 건너편에 있는 토토 시니어가 이 나약한 아빠가 세상에 흔들리고
쓰러질까 봐, 저런 스탈린 같은 놈을 보내 준 것이다. 내가 잠자는 동안 누가 내 벗어

놓은 안경을 잘근잘근 씹어 놓았는지 굳이 수사할 필요가 없다. 내가 몰래 저지르는
죄에 대한 하나님의 입장을 충분히 이해할 것만 같으니.”

2018년 1월 1일,
“위대한 토토님의 신년사. 인간들아, 물지 마라. 똥을 먹지 마라. 신나게 놀아라.”

6월 24일,
“자다가 눈을 뜨자, 토토가 옆에서 자고 있었다. 배를 살살 쓰다듬어 주니
벌러덩하고 얼음까지 하며 좋아했다. 그런데 갑자기 내 손을 물었다. 이놈이 아직까지
유기견 시절 버릇을 고치지 못한 모양이고, 원래 성격이 희한한 놈이다. 다시는 아빠
물지 마. 토토. 아빠가 가족이라고는 세상에 너 하나인데. 아빠 물면 어떡해. 그러고
양손 한 쪽씩 달라니까 억지로 내밀고. 엎드려, 하니까 엎드리는데. 내가 머리를
쓰다듬으니까, 으르렁 —.”

2022년 여름. “리치!” 이렇게 소리치면, 그게 뭔 개소리인가 하는 식으로 쌩깐다.
“토토야.” 하고 부르면, 꼬리가 좌우로 왔다리갔다리 정신이 없다. 이제는 내가 목을
물고 있어도 가만히 있다. 잘도 잔다.

동네 빵가게 아가씨가 한번은 물어왔다. “얘는 다른 개들을 보면 왜 그렇게
짖어요? 덩치도 주먹만 한 게.” 나는 덩치도 주먹만 한 게 유기견 보호소에서 덩치가

늑대만 한 녀석들의 괴롭힘을 이기고 어떻게든 살아남으려 악을 쓰다 보니까
그것이 습성으로 각인된 탓이라고 설명해 주었다. 빵가게 아가씨는 입으로는 "아하"
그러지만 정작 듣는 둥 마는 둥 계속 빵가게 앞을 물청소하고 있었다. 빵가게의
쇼 윈도우 속 빵들을 물끄러미 바라보고 있노라면, 문득 토토는 '빵' 같다는
생각이 든다. 밀가루 입자들이 맑은 물과 함께 빚어지고 따뜻한 불에 부풀어올라
둥글넙적해진 빵 같다는 생각이 든다. 비단 생긴 것만이 아니라 성격까지도 빵
같다는 느낌을 준다. 단팥빵이니 소보로니 하는 그런 빵의 종류가 아닌, '빵'이라는
관념적 정체성과 뉘앙스가 실체로 변한 무엇이 있다면 나는 그것을 '토토'라고
부르고자 한다. 토토는 빵이다. 그래서 다른 개들에게 빵빵대는 것이다. 이 심오한
까닭을 자신이 타인에게 던진 질문에 대해서조차 성실하지 못하는 빵가게 아가씨가
깨달을 리 만무하다. 나는 빵가게 아가씨가 가여웠다.


4


어젯밤에는 꿈을 꾸었다. 무지개다리 건너편에 있는 토토를 만났다. 죽은 거
같았는데, 내가 만지고 이름을 막 부르니까, 까만 눈동자를 뜨고 움직였지만, 나를
알아보고 반기는 것 같지는 않았다. 슬픔에 뒤척이며 깨니, 불 켜진 방 침대 위 내 발
부근에 토토가 자고 있었다. 토토 시니어는 귀가 멀기 전에는 천둥번개가 치면 벌벌
떨면서 오줌까지 지리고 그랬었다. 오늘 천둥번개가 난리다. 그런데 토토 주니어는

미동도 없다. 하품한다. 무서운 놈이다. 시니어 토토는 그저 천사 같았는데, 토토 주니어는 우주의 왕자 같다.

정말 무지개다리라는 게 있기는 한가? 지금 토토 시니어는 어디에 있는 걸까? 마지막 며칠은 애기 울음 소리를 내곤 했는데. 어딘가에서 사람으로 환생한 것일까? 완전히 소멸해 버린 것일까? 하긴, 나도 아직 사라지지 않았을 뿐.


5


일본 작가처럼 나도 한국 작가로서 개에 관해 할 말이 있다. 내 개와 단둘이 있는 시간은 인간으로서 가장 순수해질 수 있는 시간이다. 나는 토토가 언젠가 한 번은 내게 말을 할 것만 같다. 둘만이 서로를 고요히 보고 있을 때면, 영영 이별하기 전까진, 언젠가 딱 한 번은 토토가 내게 말을 걸어올 것만 같다.

프랑스 장군이자 훗날 프랑스의 대통령이었던 샤를르 드 골은 정치인을 많이 알게 될수록 개를 좋아하게 된다고 말했더랬다. 그는 그 이유를 밝히진 않았지만, 뭐 뻔하다. 인간들 가운데 가장 쓰레기 같은 것들이 정치인이고 정반대가 개라는 소리였겠지. "사람을 오래 관찰할수록 내가 기르는 개를 더욱 사랑하게 된다."라고 했던 블레즈 파스칼의 말을 독한 버전으로 업그레이드한 듯하다.

"한 번도 개를 사랑한 적이 없다면, 영혼의 일부가 깨어나지 않은 것이다."

이건 작가 아나톨 프랑스의 말이다.

나는 저런 말들 대신 내 묘비명(墓碑銘)을 미리 써 두었다. 이미 친구들에게
화장(火葬)시켜서 바다에 뿌려 달라고 당부해 놓았기에 무덤도 묘비도 있을 리 없지만,
대신 내게는 내 책이 있지 않은가. 내 책 안에 이렇게 묘비명을 남기면 된다. 작가인
것이 늘 나쁜 것만은 아니다. 내 묘비명은 아래와 같다.


개 같은 세상에서 개처럼 살면서

인간을 가장 미워하고 개를 가장 사랑했지만

노래를 잃지는 않았던 사내.

잠깐 이 별에 있다가

완전히 이별했으니,

개 같은 걱정일랑 하지들 마라.

다시는 만날 일 없다.

　　시는 고통 속에서도 쓰지만 소설은 고통 속에서는 못 쓴다. 소설은 그 고통이
지나간 뒤에 쓰는 것이다. 인간은 무언가를 쓴다고 해서 구원받지는 못한다.
기본적으로 쓴다는 것은 그게 아무리 선하고 유익한들 죄를 짓는 일이다. 인간
따위가 감히 다른 인간에게 영향을 끼치려 하다니 가당키나 하냔 말이다. 반면
아무리 하찮은 글을 읽는다고 하더라도 그 시간 동안 인간은 구원받는다. 읽는다는
것과 본다는 것은 다르다. 또한 읽는다는 것은 보고 듣는 것과는 더 다르다.
읽으면서 인간은, '보는 인간'과 '보고 듣는 인간' 전부를 잊는다. 모든 문서 안에는
경전(經典)으로서의 씨앗이 있다. 아무리 보잘것없는 글이라도 그렇다. 읽는 사람이
그렇게 읽으면 그렇게 된다. 대신 반드시 지켜야 할 조건이 있다. 그걸 타인에게
강요해서는 안 되며 아예 입 밖에 내지 않고 저 혼자 간직해야 한다. 내가 작가로서
알고 있는 것은 이런 것들뿐이다. 그래서 나는 쓰는 자보다 읽는 이를 존경한다.
문학을 하는 사람보다는 문학을 좋아하는 사람이 훨씬 선하고 아름다우니까. 이렇듯
한 가지 일을 오래 하다가 저절로 알게 되는 것들의 거의 대부분은 기쁨보다는 슬픔
쪽이다. 그렇기에 더더욱 우리는 목숨을 걸고 행복해져야 한다. 그런 각오로 행복해야
한다. 그래야 불행한 과거에 휩쓸리지 않을 수 있으니까.
　　불교의 가르침에 따르면 불성(佛性)은 인간만이 지닌 것이다. 내 생각은 다르다.
개는 인간에 대한 순수함과 사랑으로 이미 자신 안에 불성을 가지고 있다. 나는 좋은
인간이기를 포기한 지 오래다. 그런 부족한 인간이기에 사람을 사랑하라는 말은

자신 있게 못하겠다. 책임지기가 싫다. 언어도 그렇고 사람도 책임질 수가 없다. 다만 나는 개는 사랑하라고 말할 수 있다. 특히 길을 잃거나 버려진 개를 사랑하라는 말은 꼭 해 주고 싶다. 그들은 인간을 사랑하시는 하나님의 천사이기 때문이다. 사랑의 진실은 그런 모습으로 우리에게 온다. 하나님이 바쁘셔서 대신 어머니를 보냈다고? 엄마는 인간 아닌가? 나쁜 엄마들도 많다. 대신 하나님은 상처받은 개들을 우리에게 보내셨다. 토토와 죽음으로 헤어지고, 또다시 새로운 토토를 만난 것은, 내 인생의 가장 중요한 이정표다.


7


　　지난밤 또 악몽을 꾸었다. 고시원 공포웹툰이 나를 찾아왔다. 리치를 데려가겠다고 했다. 그 옆에는 슬라보예 지젝이 검은 보자기를 든 채 그 몽골어처럼 들리는 영어로 자기가 토토의 친아버지라며 이제 그만 토토를 데리고 가겠다고 왈왈대는 거였다.
　　나는 아무 말 없이 목검으로 고시원 공포웹툰과 지젝의 대가리를 마구 연타했다. 오랜만에 검도를 하는지라 어깨가 뻐근했다.
　　그들은 컹컹거리며 맞다가 뒤뚱뒤뚱 도망쳤는데, 고시원 공포웹툰은 노란나비가 되어 날아가고, 슬라보예 지젝은 뒷모습이 하마로 변해 있었다. 아빠는 강하고, 나는 악몽도 무찔렀다.

토토와 산책 중에 하늘을 올려다본다. 착한 척하는 인간들의 돼먹지 않은 기도들이 역겨워 하나님은 이 지긋지긋한 지구에서 아예 저 먼 별나라로 이주해 버리셨다. 우리가 밤하늘을 올려다보았을 적에 알 수 없이 눈시울이 뜨거워지는 것은 바로 그 때문이다. 그러나 저것은 하얀 뭉게구름이 있는 화창한 하늘이다. 뭐가 젊음이고 뭐가 늙음일까? 무엇이 삶이고 무엇이 죽음일까? 사랑과 이별은 정말 다른 것일까? 저 뭉게구름 너머에는 무지개다리가 있을까? 나는 기도를 하지 않으니 하나님이 예쁘게 봐 주실까?

뭉게구름이 토토의 얼굴 같다. 토토가 말한다.

"아빠, 잘 지내고 있어?"

"......"

"아빠. 아무것도 슬퍼하지 말고 행복하게 살아. 다시 만날 때까지 토토랑 잘 지내."

"어, 그래. ……그렇게."

토토가 나를 보고 웃고 있다. 입을 조금 벌린 채 혀를 내밀고 헤헤거리며.

나는 발길을 멈추고 토토를 내려다본다. 토토가 나를 올려다본다. 사람이 주는 사랑이 사람의 사랑이라면, 개가 사람에게 주는 사랑은 천사의 사랑이다. 나는 나의 천사를 들어 올려 꼬옥 끌어안는다. 지금 세상에 가득한 이것이 누구의 심장 소리인지 모르겠다.

2022. 8.

에필로그

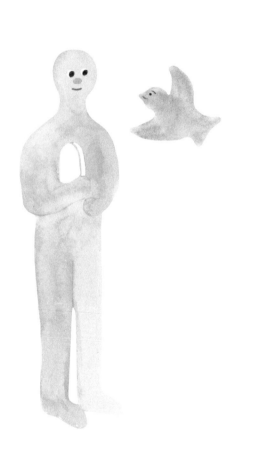

언젠가 한적한 길에서 한 청년이 개를 안고 있다가 바닥에 내려놓더니 목줄을 잡고 '아주 천천히' 산책시키는 것을 보았다. 그 느림의 분위기가 심상치 않아 살펴보니, 그 개는 두 눈이 없었다. 보통 그런 경우, 그 청년은 그러한 장애가 있는 유기견을 입양해 돌보고 있다는 게 상식적 추측이다. 설혹 다른 사연이 있다고 한들 다음과 같은 사실이 변하지는 않는다. '개는 화창한 대낮의 칠흑 같은 어둠 속을 친구가 잡아 주는 줄에 의지해 걷고 있었다.'

지난 며칠간 한 유기견 보호소 소파에 멍하니 앉아 있다가 일어나곤 했다. 내가 가지고 있는 반려견 사료와 영양제, 갖은 소모품들을 기부하는 중에 그렇게 되었다. 좀 앉아 있다가 가도 되겠냐는 내 부탁이 받아들여진 것이다. 이전에 내가 방문했던 유기견 보호소들과는 달리, 깨끗한 반려견 카페를 연상시키는 그곳의 관리자는 내 눈물과 떨리는 목소리를 감안했을 터이다. 감정을 다스리기 위해 허리를 앞으로 굽힌 채 앉아 있는 내 주변을 유기견들이 서성였다. 인간이라는 것의 정체를 알고 싶다면 인간을 만나 볼 필요가 없다. 유기견 보호소에 가 보면 된다. 버려진 개들이 '인간'을 증언하고 있기 때문이다.

나는 친족의 죽음을 거의 다 경험한 사람이다. 벗들도 죽음 뒤편으로 많이 사라졌다. '완전한 이별'이라면 내 나름대로 전문가인 셈이다. 그럼에도 불구하고 죽음에 관한 시험이 불현듯 닥쳐올 적마다 나는 낙제생이고, 내 것이 아닌 죽음은 매번 가슴이 미어지고 찢어진다. 유기견 보호소 한쪽 벽 모서리에는 누렁이 두 마리가 겁에 질려 몸을 맞댄 채 처박혀 있었다. 개 농장에서 구출된 녀석들인데, 학대와 공포에 질려 그 상태에서 벗어나질 못하고 있는 거였다. 문득 놀라웠던 것은, 다른 유기견들이 가끔씩 그 녀석들에게 다가가 얼굴을 핥아 주거나 비벼 주는 장면이었다. 덜 상처 받은 개가 더 상처 받은 개를 위로하고 있었다. 조용한 햇살이 창가에 스며들었다.

평소 '죽음'을 잊지 않는다면 헛된 일들에 매달리지 않을 것이다. 그러나 그게 어렵다면 대신, 모든 생명체가 그저 고깃덩어리가 아니라 '영혼'을 지녔다고 생각하는 것도 방법이 아닐까 싶다. 나는 유물론을 부정하기 이전에 유물론을 거부한다. 착한 척 정의로운 척하지만 정작 자신 말고는 다 무생물 취급하는 인간들로 이 사회는 득시글거린다. 깊은 밤 잠을 이룰 수가 없어 주차장 화단 턱에 앉아 있는데, 불쑥, 저 어둠 속에서 개 한 마리가 내게 다가와 무릎을 핥고 비빈다. 뒤따라온 그 개의 주인이 이런 말을 한다. "얘가 이런 애가 아닌데 남한테 가네요." 그 개의 눈동자를 마주하며 머리를 쓰다듬었다. 토토가 그 아이 안에 들어와 내게 슬퍼하지 말라고 했다.

나는 살아 있는 우리의 영혼을 믿는다. 죽은 이들의 영혼도 믿냐고? 물론이다. 돌아가신 어머니가 아들이 행복하길 바라는 그 마음을 믿듯. 이 마음을 영혼이라고 부른들 무슨 문제가 있을 것인가? 무지개다리를 건너간 나의 토토에게 해 주고픈 말이 있다. "나는 화창한 대낮의 칠흑 같은 어둠 속을 너에게 의지해 걸었었다."

2024. 5.

글 이응준

글로 하는 거의 모든 장르들을 다룬다.

영화, 음악 같은 다른 일들도 한다.

인간을 좋아하지 않지만,

개를 사랑하는 인간은 안 싫어하는 편이다.

그림 류은지

그림을 그리며 작은 서점을 운영하고 있다.

자연의 이야기에 관심이 많아

그것을 종이 위에 그리는 것을 좋아한다.

@eunji_room

토토와 구름과 빵 · 1판 1쇄 찍음  2024년 11월 1일 · 1판 1쇄 펴냄  2024년 11월 15일

글 이응준 · 그림 류은지 · 발행인  박근섭, 박상준 · 펴낸곳 ㈜민음사 · 출판등록  1966. 5. 19. (제 16-490호)

서울특별시 강남구 도산대로 1길 62(신사동) 강남출판문화센터 5층(우편번호 06027)

대표전화  02-515-2000 · 팩시밀리  02-515-2007 · www.minumsa.com